羊の群れ

―信仰と知恵の詩《うた》

今多伊七郎

鳥影社

羊の群れ　――信仰と知恵の詩《うた》　目次

羊の群れ　8
成長　―N君へ―　12
大地　14
根　―スタバYさんへ―　16
無知について　18
計画　20
平和について　22
峻厳《しゅんげん》　24
茨《いばら》　28
プライド　30
香り　32
傲慢について　34
軛《くびき》　36
従順　38
穂　40
英智と信仰　42

祈り　44
重荷　46
悔い改め　48
愛について　50
梢《こずえ》　―スタバMさんへ―　52
糧《かて》　56
光　58
見える神と見えない神　60
営み　62
喜び　64
純真　―K・Jさんへ―　66
シンフォニー　70
生き甲斐　―マックK君へ―　72
雛《ひな》　74
鳩　76
泰然　―Y・Mさんへ―　80

夜明け　82
荷台　84
泡　86
Joyful　90
呻《うめ》き　――呻吟する魂のために――　92
風と雲と闇と月　94
九十九匹の羊　96
スイフトスポーツ　98
翠《みどり》　100
滅びゆく魂　102
闇と光　106
Current（流れ）　110
聖書（The Bible）　114
神の神殿　――世界の救いのために　116
瞳　118
島　120

役者　124
希望と絶望　128
混沌　132
罪と善と最善と　136
無宗教　140
沙羅樹《しゃらじゅ》　142
宝物　146
目を覚ましていなさい　148
板挟み　150
都《みやこ》　――住処《すみか》――　152
霊の実と肉の業　154
永遠の命　158
信仰　162
稲穂　――S・Iさんへ――　164
目　166
沈黙と静寂　――神の世界――　168

パン　170
試練　174
ぶどうの木　178
単純になれ　180
戦場　182
捨てるべきもの　186
柔和と謙遜と誠実　188
真実について　190
あなたは愛されている　192
人生は何とかなる　194

羊の群れ

――信仰と知恵の詩《うた》

羊の群れ

羊の群れ
羊の群れは群れやすく

羊の群れ
羊の群れは弱弱しく

羊の群れ
羊の群れは羊飼いがいなく

羊の群れ
羊の群れはあてどなく迷いやすい

羊の群れ
羊の群れは地上をかけ回り

羊の群れ
羊の群れは丘を越え、谷を渡り

羊の群れ
羊の群れは山をかけ登り
そして、「地平線」を超え

羊の群れ
それは無上の喜び
それは至福の平安

羊の群れ
羊の群れはいつしか「指導者」を見つけ

安住の地に住み続ける

「わたしたちは羊の群れ
道を誤り、それぞれの方角に向かって行った。
そのわたしたちの罪のすべて
主は彼に負わせられた」（イザヤ書53章6節）

成長　――N君へ――

小さな芽が伸びる
小さな根が地下に伸びる

やがて、小さな芽は大きな大木となり
たくさんの葉を茂らせ
天上高く、空へ空へと伸びる

やがて、大木は空高く
もう、その頂は見えない

その頂は天空の星
その頂は地上の希望

その頂はやがて宇宙の彼方まで
ずっとずっと伸びてゆく

その頂は君の夢、君の幻

やがて、大木は大きな成長を遂げ
一つの確信となって輝き続けることだろう

大地

「母なる大地　父なる宇宙」

荒涼と広がる大地
脈々と広がる大地
悠々と広がる大地

平原を流るる大河
平原を吹き渡る風
平原を飛び交う鷲
平原と大地を支配する神

平原のささやき

大地の雄叫び

荒涼たる大地はやがて平原となり
緑をたたえた平野となり
田畑を潤し、そして
やがて実り、収穫し
また、種をまく

悠久の昔から人は変わり
しかし、収穫の実は絶えない

主が大地を、主が平原をおさめ
そして、主が人を愛し、

人はやがて実を結ぶ

根

——スタバYさんへ——

大地にはった根
地中深くはった根

地中の水分や養分を吸い上げながら
地表に出づる葉や芽や花々

それは地下深くから吸い上げられた
想いや願いを込め、表出し

苦悩し、苦悶し、
やがて花開く一つの星

目には見えない地下深くから表出される
救いと喜びと慰めと

心からの解放を秘めながら
そこに君が存在した

無知について

『神を知らぬ者は心に言う。
「神などいない」と。
人々は腐敗している。
忌むべき行いをする。
善を行うものはいない。』（詩編53編2節）

人はおごり、高ぶり、自慢する
自分がいかに無知な者なのか分からずに天狗になる
自分がいかにも物事を知っているかのように「知ったかぶり」をする
「知る者は言わず、言う者は知らず」

中国の知者は謙遜であり
中国の知者は道理をわきまえている

「真理」を探究する者の心はいつも平安であり
「真理」を探究する者の心はいつも謙遜である

「主を畏れることは知恵の初め。
無知な者は知恵をも諭しをも侮る。」（箴言1章7節）

『神を知らぬ者は心に言う。
「神などいない」と。
人々は腐敗している。
忌むべき行いをする。
善を行うものはいない。』（詩編53編2節）

計画

一日の計画、一日の目標
一週間の計画、一週間の目標
一ヵ月の計画、一ヵ月の目標
一年の計画、一年の目標

私たちは会社で、プライベートで
いろいろな計画、様々な目標を立てる

うまくいく時もあれば
目標達成をしない時もある
そして、また計画を立て直す
上司から叱られ

檄《げき》を飛ばされる
そして、落ち込む

その時、人はどうするのか
自分を鼓舞して頑張ろうとするのか
神を求めて祈ろうとするのか
そこが、人生の大きな分岐点である

主に救いを求めるのか
自分の力に頼るのか
それはあなたの自由に任されている
どうかあなたの目標が計画通り行くように願います
「神を愛する者たち、つまり、御計画に従って召された者たちには、万事が益となるように共に働くということを、わたしたちは知っています。」（ローマ人への手紙8章28節）

平和について

「平和を実現する人は幸いである。
その人たちは神の子と呼ばれる。」（マタイ福音書5章9節）

世界中のあちこちで紛争が起こり、戦争が起こり
絶え間なく殺戮と殺し合いが起こっている。

それは民族間の紛争であったり
宗教間の戦争であったりするという。

なぜ人は殺し合わなければならないのか
なぜ人は傷つけ合わなければならないのか

戦争に明け暮れ

紛争に明け暮れ

人は傷つき、人は疲れ、枕するところもない
いつになったら人は戦争をやめ、紛争をやめ
平和な世の中になることができるだろう
いつになったら人は愛に目覚め
平和な世の中になることができるだろう

ああ、愛する主よ、私たちを憐れんでください！
ああ、愛する主よ、私たちを慰めてください！
ああ、愛する主よ、私たちを導いてください！
ああ、愛する主よ、私たちを愛で満たしてください！

そして、いつか平和な世界となりますように
切に祈ります
アーメン！

峻《しゅん》厳《げん》

主は峻厳なる山
広大なる大地

峻厳なる山から泉が湧き
大地を潤してゆく

その水は人の喉を満たし
その水は命となる

太古の昔、峻厳なる山は広大な大地となり、
平原となり、エデンの園となる

アダムとイブは楽園を享受し
永遠の命を受ける

しかし、いつしかアダムとイブはサタンの誘惑に負け
禁断の木の実を食べる

禁断の木の実を食べたアダムとイブは目が開け
自分が知恵をもったものと錯覚する

知恵を得たアダムとイブはいつしか楽園を追われ
峻厳なる山と広大なる大地に放り出される

しかし、主はアダムとイブを見放さず
広大なる大地で
肥沃な平原で豊かな収穫を得
イエスキリストの始祖となる

主は峻厳なる山
広大なる大地

無限の宇宙の中で、
何故地球が選ばれ
なぜ人類が誕生したのか

進化論の謎に明け暮れるとき
人は迷宮に入る

天地万物を創造された神の存在に気付いたとき
人は峻厳なる神が
実は広大なる大地であり
永遠の命であることを知るだろう

茨《いばら》

茨の道を歩まれたイエス・キリスト
茨の冠を被られたイエス・キリスト

神の独り子でありながら
すべての人の罪を背負い
すべての人の病を担い
十字架にかけられたイエス・キリスト

なぜ人は罪を犯すのか
なぜ人は病にかかるのか
なぜ人はキリストに出会わないのか
なぜ人はキリストに気づかないのか

茨の道を歩まれたイエス・キリスト
茨の冠を被られたイエス・キリスト

神の独り子でありながら
馬小屋に生まれ
人より貧しい身分に下り
救いの道を歩まれたイエス・キリスト

キリストは真理にいたる道
キリストは愛にいたる道
キリストは十字架に至る道

人はいつ茨の道を歩むことができるのだろう
人はいつキリストに出会うことができるのだろう

プライド

イエスは神の独り子でありながら
そのプライドと威厳を捨て、身を低くして、世に来られた

パウロは完全なる律法学者でありながら
イエスに出会って、そのプライドを捨て
イエスの教えに従い、伝道し、宣教し、迫害を受け
十字架の道を歩んだ

人は無知なるゆえにこの世の享楽にふけり
人生を全うする

何が幸福で何が不幸なのかも知らず
人は人生を全うする

なぜ人はイエスに出会い
なぜ人はイエスに出会わないのか、

人は地位と格式とプライドを持ち
自分が幸せだと錯覚する

地位は奪われ、格式は崩れ、プライドは地に堕ちる
そして、人は初めてイエスに出会う
なぜ人は、幸福のうちにあるときイエスに出会わないのか

尊厳とプライド
謙遜と従順

イエスは神の独り子でありながら
その尊厳を捨て、身を低くして世に来られた

香り

主は芳《かんば》しき花
主はくつろぎの泉

憩いのほとりに佇む君

その香りは無上の喜び
その香りは至福の希み

人はその香りに包まれながら喜びの声を上げ
光の道を歩む

その道は曲がりくねり、登り下り、天上へと続く

その道をたどりながら、芳しき光も天上へと続いていく

主は芳しき希望
主は香しき歓喜

人はその道をたどりながら頂へと至る

地上の道はやがて天上への入り口となり
芳しき匂いに包まれながら
人はいつしかパラダイスにいることを知るだろう

傲慢について

「主の慈しみに生きる人はすべて、主を愛せよ
主は信仰のある人を守り
傲慢なる者には厳しく報いられる」（詩編31編24節）

世の中にはなんと傲慢な人が多いことか
世の中にはなんと無知な人が多いことか

科学がいかに進歩し、いくら発達しても
解明されていない謎はいくらでもあるのだ
科学がいかに進歩してもゴールは見えない

神が人を造られたとき、神の似姿として

完璧な存在として人を造られた

しかし、アダムとイブの原罪によって、呪われた存在として
神に追放され、現在に至った

科学が進歩し、人類の命の解明がいかにされようとも
生命の創造とその神秘さに気付かなければ
人はいつまでたっても、神の存在に気づかないのだ

人が謙遜になり、傲慢さを捨てたとき
初めて、神の存在に気づくのかもしれない

軛《くびき》

イエス・キリストは人々の病を担い
軛を負った

イエスキリストは人々の思い煩いを負い
人々の苦しみ哀しみを担った

イエス・キリストは十字架上で
人々の罪を負い、人々の穢《けが》れを清め、
人々の呪いも引き受けられた

イエス・キリストは神の独り子でありながら
十字架上で、すべての人の罪を贖《あがな》われた

そして、十字架上ですべてにわたって
勝利され、神の栄光を受けられた

イエス・キリストは十字架上で軛を負い
すべてに勝って神の栄光を受け
誉《ほま》れを受けられた

主に栄光あれ！
人に歓喜あれ！

従順

「キリストは神の身分でありながら
神と等しいものであることに固執しようとは思わず
かえって自分を無にして、僕《しもべ》の身分となり、人間と同じ
ものになられました。人間の姿で現れ、へりくだって、
死に至るまで、それも十字架の死に至るまで従順でした。」（フィリピ2章6〜8節）

イエス・キリストは神の独り子で
ありながら、従順された

イエス・キリストは神の独り子でありながら
人々の罪を負い、病を癒し

イエス・キリストは神の独り子でありながら
十字架の道を歩まれ
そして、十字架につけられた

イエス・キリストは十字架上で人々を祝福し
イエス・キリストは十字架上で罪を贖われ

そして、三日後に復活し、甦《よみがえ》られ、聖霊を送り
使徒たちを生き返らせ

そして、イエス・キリストは再臨し
やがて、世界は一つとなる

穂

「種の袋を背負い、泣きながら出て行った人は
束ねた穂を背負い
喜びの歌を歌いながら帰ってくる」（詩編126編6節）

ルツはボアズの厚意によって
落ち穂を拾い

「畑に行ってみます。だれか厚意を示してくださる方の後ろで、落ち穂を拾わせてもらいます」と言うと、ナオミは、「わたしの娘よ、行っておいで」と言った。ルツは出かけて行き、刈り入れをする農夫たちの後について畑で落ち穂を拾ったが、そこはたまたまエリメレクの一族のボアズが所有する畑地であった。ボアズがベツレヘムからやって来て、農夫たちに、「主があなたたちと共におられます

ように」と言うと、彼らも、「主があなたを祝福してくださいますように」と言った。(ルツ記2章2〜4節)

そして、ナオミとルツは祝福され、主に栄光をかえした。

英智と信仰

「主を畏れることは智慧《ちえ》の初めである」（箴言1章7節）

人は知恵と英智を結集して文明を開き
人は知恵と英智を結集して文化を築き
人は知恵と英智を結集して人類の繁栄を迎え

そして、人は知恵と英知を結集して滅びに向かう

いつ人は己の愚かさ、みじめさ、無知に気づくのか
いつ人は自分が目に見えないものだと気づくのか
自分の無力さに気づいたとき
人は偶像にすがり、偶像を拝む

それはご利益があると信じているからだ

人はいつ本当の神に出会うのか
人はいつ本当の真理に気づくのか
人はいつ本当の愛に目覚めるのか
人はいつ自分の無力さに気づくのか
人はいつ自分の無知に気づくのか

「神を知ることは智慧のはじめである」

そして、神は忍耐しておられる

祈り

静寂のなか、祈りを始める
夜のしじまをやぶって主が応答する
「私はあなたをいつも見ている
恐れることはない。大胆に進みなさい」と
静寂のなか、祈り続ける
夜のしじまを破って主が応答する
「私はあなたをいつも見ている
恐れることはない。大胆に進みなさい」と

「神はわたしたちの避けどころ、わたしたちの砦。
苦難のとき、必ずそこにいまして助けてくださる。」（詩編46篇2節）

「力を捨てよ、知れ
わたしは神。」（詩編46編11節）

人は無力さの中で初めて主に出会い
神を求める

そのとき。初めて本当の祈りが捧げられるのである

重荷

「あなたの重荷を主にゆだねよ
主はあなたを支えてくださる。
主は従う者を支え
とこしえに動揺しないように計らってくださる。」（詩編55編23節）

あなたの重荷は何ですか？
あなたの軛《くびき》は何ですか？

お金の問題ですか？
家族の問題ですか？
仕事の問題ですか？
嫁姑の問題ですか？

生活の問題ですか？
病の問題ですか？

全ての問題を主に委ねよ
あらゆる病を主に委ねよ

イエス・キリストはあなたの罪、病、呪いをすべて
十字架に背負い
そして、十字架上で勝利し、祝福された

「疲れた者、重荷を負う者は、だれでもわたしのもとに来なさい。休ませてあげよう。わたしは柔和で謙遜な者だから、わたしの軛を負い、わたしに学びなさい。そうすれば、あなたがたは安らぎを得られる。」（マタイによる福音書11章28〜29節）

悔い改め

「それからイエスは、数多くの奇跡の行われた町々が悔い改めなかったので、叱り始められた。『コラジン、お前は不幸だ。ベトサイダ、お前は不幸だ。お前たちのところで行われた奇跡が、ティルスやシドンで行われていれば、これらの町はとうの昔に粗布をまとい、灰をかぶって悔い改めたにちがいない。』」（マタイによる福音書11章20～21節）

悔い改めなさい
そうすればスタートに立てる

悔い改めなさい
そうすれば未来が開かれる

人はなぜ罪を犯して悔い改めないのか
人はなぜ罪を犯して平々凡々と暮らしていくことができるのか

悔い改めることの本当の意味を知らないのか
悔い改めることの本当の生き方を知らないのか

人はなぜ悔い改めて真っ当な生き方をしようとしないのか
それは本当の神を知らないからであり
神が峻厳なかたであることを知らないからである

神は峻厳であり、寛容であり、忍耐しておられ、愛なる方である
悔い改め、祈り、神が応答し、また感謝の祈りを捧げる

人は罪を犯しているにもかかわらず、なぜ悔い改めないのか
それは本当の神を知らないからである

愛について

「たとえ、預言する賜物を持ち、あらゆる神秘とあらゆる知識に通じていようとも、たとえ、山を動かすほどの完全な信仰を持っていようとも、愛がなければ、無に等しい。全財産を貧しい人々のために使い尽くそうとも、誇ろうとしてわが身を死に引き渡そうとも、愛がなければ、わたしに何の益もない。愛は忍耐強い。愛は情け深い。ねたまない。愛は自慢せず、高ぶらない。礼を失せず、自分の利益を求めず、いらだたず、恨みを抱かない。不義を喜ばず、真実を喜ぶ。すべてを忍び、すべてを信じ、すべてを望み、すべてに耐える。……わたしたちは、今は、鏡におぼろに映ったものを見ている。だがそのときには、顔と顔とを合わせて見ることになる。わたしは、今は一部しか知らなくとも、そのときには、はっきり知られているようにはっきり知ることになる。それゆえ、信仰と、希望と、愛、この三つは、いつまでも残る。その中で最も大いなるものは、愛である。」（コリント第1の手紙13章）

愛は完全であり、真理であり、真実である
神はその独り子をこの世に送り十字架につけられ
愛され、よって、人は罪贖われ、救われる

神は忍耐し、待っておられる
神は峻厳であり、完全であり、愛なるお方

アルファでありオメガである
初めであり、終わりである

「愛はすべての罪を覆う」（箴言10章12節）

梢《こずえ》 ――スタバMさんへ――

大地にしっかりと根をはったヒマラヤ杉の梢に
一羽のワシがとまっている
ワシは地上を見下ろしながら獲物を狙う
そのワシはヒマラヤ杉の梢に巣をつくり
ヒナを育てる

その梢は地上の愛のすみか
天空へと飛び立つエネルギーを秘める場所
ヒナはいつしか成長し、巣立ちのときを迎え

大空へと飛び立つ準備をする
成長したワシたちは地上の獲物をいち早く見つけ
鋭い爪の一撃でもって獲物を捕獲する

天空高くそびえ立つヒマラヤ杉の梢の上で
立派に成長したワシたちは大空を目指し
駆け上ってゆく準備をする

その翼は真紅に染まり
無限の空間へと旅立ってゆく

飛び立った二羽のワシたちはいつしか太陽を目指し
いつまでもいつまでも滑空し
無限の彼方へ飛び去ってゆく

やがて二羽のフェニックスとなって
天空高く輝き続けるにちがいない

糧《かて》

「人はパンだけで生きるものではない。
神の口から出る一つ一つの言葉で生きる。」（マタイ4章4節）

人はなぜ生きるのか
人は何のために生きるのか
人は何を求めて生きるのか
人は何も迷わないのか

人は生きるためにパンを食べるのか
人はパンを食べるために生きるのか

人はなぜ神に出会わないのか
人はなぜ神を求めないのか

人はなぜ多くの神を求めるのか
人はなぜ偶像を拝むのか
人はなぜ人が作った偶像に頼るのか

人はいったい何を拠り所として生きているのか

人はなぜ真理を悟らないのか
人はなぜ真実に生きられないのか
人はなぜ「渇き」を覚えないのか

「なぜ、糧にならぬもののために銀を量って払い飢えを満たさぬもののために労するのか。わたしに聞き従えば良いものを食べることができる。あなたたちの魂はその豊かさを楽しむであろう。」（イザヤ書55章2節）

人が神の口から出る一つ一つの真理の言葉を求めるとき
あらゆる答えが見つかるのかも知れない

光

「主はわたしの光、わたしの救い
わたしは誰を恐れよう。
主はわたしの命の砦
わたしは誰の前におののくことがあろう。」（詩編27篇1節）

人は人生の闇夜行路をさ迷い歩く
どこに光があるのか

何が本当の光なのか分からずに
ただ闇雲にさ迷い歩く

人が人生のあらゆる問題にぶつかったとき
何を頼って生きてゆくのか

何にすがって生きてゆくのか

順風満帆な人生が幸せなのか
神を知らない人生が本当に幸せなのか
本当の神の愛を知らない人生が幸せと言えるのか
本当の神の光を受けない人生が幸せと言えるのか

人は闇に打ち勝つ勝算はあるのか
人はどうやって闇に対抗することができるのか
人はどうやって闇の中を歩いていけばいいのか

人が本当の光を追い求めたとき
神に出会うことができるのではないのか

そして「闇は光に打ち勝つことはできない」のである。

見える神と見えない神

見える神と
見えない神

人は見えない神を知ることができるのか
人は見えない神を信じることができるのか

人はどうすれば見えない神を知ることができるのか
人はどうすれば見えない神を信じることができるのか

人はなぜ神を畏れることができないのか、
それでいて、人はなぜ多くの神を拝むことができるのか

人はなぜ偶像と本当の神の違いがわからないのか
人はなぜ多くの偶像を拝んで満足できるのか

人はいつ心の平安を求めるのか
人はいつ本当の愛に目覚めるのか
人はなぜ本当の愛が誰からくるのか悟れないのか

「見ることよりも信じることの方が先である」

見えない父なる神の愛と
見える子なるイエス・キリストの血潮と
すべてを包む聖霊の親しき交わりが
永遠に私たちに臨むように

切に祈ります

営み

大台ヶ原に雨が降り
地下水となって地表に湧き出で
熊野灘に流れ込む

風が雨雲を呼び
大地に降り注ぐ

水が命を育み
生命が循環して営々と歴史を刻む

大自然の営みと
人類の営み

大自然の調和と不均衡
人々の不調和と均衡

天地創造の太古の昔から
変わることなく大自然の営みがあり
人類の誕生から人々の営みがあり

そしてやがて、一体どこに向かおうとしているのか

人類の営みが大自然の営みの一部であることを悟り
神の支配の中で均衡と調和がいつまでも続くことを
切に願います

喜び

「悲しんではならない。主を喜び祝うことこそ、あなたたちの力の源である。」（ネヘミア記8章10節）

人は生活に疲れ
人は重荷を負い
人は涙を流す

疲れを癒すのは主
重荷を担ってくださるのは主
涙をぬぐってくださるのは主

すべての思い煩いを主に任せ

すべての軛を主に任せ
喜び祝おう
主が共にいてくださる
主がすべての力の源

万軍の主
王の王
主の主

主にすべてを委ね
そして、人は安らかな眠りにつくだろう

純　真

――K・Jさんへ――

人は神に対して真実であれ
人は自分に対して純粋であれ

人は成長するにつれて知識を増やし
それにつれて人は目が曇る
ものごとの本質を見抜く目が曇る

何が形式であり
何が本質なのか

人は成長するにつれて狡知を増し
それにつれて人は心が曇る

何が真実であり
何が不真実なのか

心の鏡をいつも磨いておこう

イエス・キリストの息を吹きつけて
伝道という布切れで
鏡が曇らないように磨いておこう！

人には二つのアンテナがある
一つは理性のアンテナであり
一つは感性のアンテナである

理性は知恵と経験によって整えられ
感性は心の鏡そのものである

感性は吹きつける息と
磨くための布切れによって研ぎ澄まされる

理知的な人は多いが
感受性が豊かな人は少ない

君の瞳を見ていると豊かな感性を感じる
その感性は知識や訓練で得られるものではない

豊かな感性は「純真」そのものである
心の鏡の輝きがその人の瞳に現れるのだ

これから社会人となっても
豊かな感性をもち

人に対しても
神に対しても
そして、自分に対しても
「純真」であり続けてほしい

心からそう願っています

主の恵みと祝福がありますように
アーメン！

シンフォニー

様々な楽器が様々な音を出し
豊かなシンフォニーを奏でる
様々な人が様々な不平不満を口にし
人生に悪態をつく
様々な人々が喜びを口にし
神に感謝する
様々な人々が様々な祈りを口にし
神と応答する

様々な楽器がハーモニーとメロディを醸し出すように
様々な人々も神に生かされ、神と調和していることを
悟らねばならない

この大自然が神の摂理の中で
調和しているように
人々も神の愛の中で生かされていることを
悟らねばならない

人々が自我を捨て、傲慢を捨て
神の恵みと愛と摂理の中で生かされていることを
悟ったとき

豊かなシンフォニーを奏でることができるのかも知れない

生き甲斐　――マックK君へ――

あなたの生き甲斐は何ですか？
君の夢は何ですか？

あなたは志を胸に秘めていますか？
君は熱情を胸に抱いていますか？

あなたは日々の生活の中でチャレンジしていますか？
君は毎日の暮らしの中で冒険をしていますか？

あなたの仕事は日々の生活からの新たな脱皮であり
君の仕事は毎日の暮らしの新たな旅立ちです

あなたは日々の仕事の中に新たな喜びを見出し
君は毎日の仕事の中に新鮮な感動を覚えることでしょう
あなたは生き甲斐を見つけましたか？
君は夢を抱きましたか？

今日、私は君と出会い
とまどいを覚え、逡巡しながら
新たな自分を見つける

明日、君は新たな自分にチャレンジしながら
本当の生き甲斐を見つけるにちがいない

雛《ひな》

「あなたの祭壇に、鳥は住みかを作り
つばめは巣をかけて、雛を置いています。
万軍の主、わたしの王、わたしの神よ。」（詩編84編4節）

生命の神秘と誕生
親鶏がヒナを誕生させ
ヒナが成長して卵を産み
そのヒナがさらに成長して親鶏となり
その親鶏が成長してまたヒナをかえす

生命は循環してさらに生命を育む

生命の歴史と地球の歴史と人類の歴史

大自然の営みと生命の営みと人類の営み

神が天地を創造して万物を造り出し
万物を造り出して生命を産み出し
生命を産み出して人類を誕生させ

その命を神が愛し、育み、慰める

神が人を愛するように、人も神を愛し
また「人の子」も成長して、「命となり、道となり、真理となる」

親鶏がヒナを愛し育てるように
神の「独り子」も人を愛し、育み、滋しみ、癒し、慰め、祝福し、
聖霊をこの地上に送られた

そして、「独り子」は昨日も今日も明日も働いておられるのである

鳩

平和の象徴
平和の君

世界の平和と平安な人々

世界はいつしか争いを起こし、血を流す

血を流した鳩
血を流されたイエス・キリスト
世界は今も血を流し続け
キリストは今も血を流し続ける

世界は昔も今も争いが絶えず
キリストは今も十字架上で祈っておられる

鳩はいつしか飛ぶことを忘れ
地上の屍となる

人はその屍の上に横たわり
命を見失う

しかし、イエス・キリストはその命を甦えさせられる

鳩が空を舞うように
人も命を得、復活する

命の鳩

命のイエス・キリスト

そして、人はいつか必ずキリストを見上げるにちがいない

泰　然　――Y・Mさんへ――

泰然と
しかも、飄々と君は生きる
泰然と
しかも、しなやかに君は生きる
泰然と
しかも、煌煌《こうこう》と君は生きる
君はいつも心に余裕を持ち
君はいつも心がゆったりとし
君は突然に哄笑《こうしょう》する

人生に生き甲斐を感じ
人生に喜びを感じ
人生に覚りを見出す

君の側にはいつも笑いが絶えず
君の側にはいつも可笑《おか》しみが絶えない

君といると僕はいつも刺激を受け
僕の心はいつもインスパイアされる

君がいつまでも泰然とし
自若でいることを切に願います

夜明け

夜明け前の静けさ
吹き渡る風の音
未明のしじまを破って雷鳴が轟く

未明の静けさはほんの一瞬なのだ
夜明け前の暗闇はほんとひとときなのだ

夜明け前の雨が大地を潤し
原野に染み渡る

大地の水が河となり命となる
原野の水が大河となり復活の源となる

イエス・キリストは夜明けの星
あけぼのの光

夜明け前の暗闇はほんの一瞬なのだ
夜明け前の静けさはほんの一瞬なのだ

そして、未明のしじまを破って雷鳴が轟き続ける

荷台

君は荷台に何を積んでいるのですか?
そんなにたくさんの荷物をどこに運ぶのですか?
そんなにたくさんの荷物をなぜ運ぶのですか?

荷台に積まれた荷物は重くないですか?
荷台に積んだ荷物を下ろしてみませんか?

荷台に積んだ荷物をキリストが担ってくださる
たくさん積まれた荷台の軛をキリストが引いてくださる

キリストは軛を負い、十字架に架けられ
人の苦しみ、痛み、呪い、病をすべて背負われ、担われ

そして、血を流された

荷台の荷物を軽くしませんか
荷台の荷物をすべて委ねてみませんか
荷台の重荷をすべてイエス・キリストに背負ってもらいませんか

重荷を負っているすべての人々が
イエス・キリストに祝福され、解放されますように

切に祈ります

泡

人生ははかない泡ですか
人生ははかないシャボン玉ですか

人生を満たしてみませんか
人生を委ねてみませんか

主は傍《かたわ》らに居てくださいます
あなたの側にイエス・キリストが寄り添ってくださいます

あなたは感じませんか
神の愛を
あなたは気づきませんか

イエスの慰めと励ましを

人生ははかないですか
人生は味けないですか

人生に意味を見つけませんか
人生に意義を見出しませんか
人生に喜びを感じ、感謝を捧げませんか

神はいつもあなたを愛し
イエスはいつもあなたを見守っておられます

人生ははかない泡ですか
人生は泡沫の一瞬ですか
人生は宙に舞うシャボン玉のように消えるものですか

あなたが神に出会い
イエス・キリストを信じることができるように

切に願います

Joyful

君の人生は喜びに満たされていますか？
君の人生は喜びにあふれていますか？

君は人生に飢え渇きを覚えていませんか？
君は人生に平安と喜びを覚えていますか？

人生に疲れ、倒れそうになっていませんか

イエス・キリストは命の水
イエス・キリストは命のパン

真の水を飲んでみませんか

真のパンを食べてみませんか

人生に喜びを見出して見ませんか
人生を喜びで満たしてみませんか

人生が喜びであふれ出るように祈ってみませんか
人生に喜びを感じ、感謝の祈りを捧げてみませんか

「Joyful」

いつもあなたが喜びに満たされ
いつもあなたが喜びにあふれるように
切に願います

呻《うめ》き　――呻吟する魂のために――

地下深くから呻きの声が聞こえる
地下深くから嘆きの声が聞こえる

人はためらい逡巡し、地表をはい回る
人は苦悩し、苦悶し、苦渋に満ちる

人はいつ喜びを見出すのか
人はいつ希望を見出すのか
人はいつ今の自分に感謝を見出すのか
人はいつ明日の自分に可能性を見出すのか

地下深くから聞こえる呻きの声が天に届いたとき

主は憐れみを覚え、御手を伸ばされる

地下深くから祈り求めるとき
主は応答し、慈しまれる

どうか多くの呻吟する魂が救われますように
切に祈ります

風と雲と闇と月

闇の中を歩く
暗闇の中を、月の明かりの中をさ迷い歩く

月は雲に隠れ
また、暗闇の中を歩き続ける

月の明かりはほんの一瞬なのだ
三日月の明かりはほの暗いのだ

風が吹き、雲を払いのけ
三日月の明かりが地上を照らす
三日月の明かりはほんの一瞬地上を照らすのだ

鳥影社出版案内

2019

イラスト／奥村かよこ

choeisha
文藝・学術出版 鳥影社

〒160-0023 東京都新宿区西新宿 3-5-12 トーカン新宿 7F
TEL 03-5948-6470 FAX 03-5948-6471（東京営業所）
〒392-0012 長野県諏訪市四賀 229-1（本社・編集室）
TEL 0266-53-2903 FAX 0266-58-6771 郵便振替 00190-6-88230
ホームページ www.choeisha.com メール order@choeisha.com

お求めはお近くの書店または弊社（03-5948-6470）へ
弊社への注文は１冊から送料無料にてお届けいたします

＊新刊・話題作

地蔵千年、花百年

柴田　翔（読売新聞・サンデー毎日で紹介）

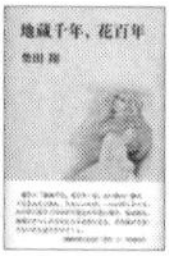

芥川賞受賞『されど われらが日々――』から約半世紀。約30年ぶりの新作長編小説。戦後からの時空と永遠を描く。　1800円

老兵は死なず　マッカーサーの生涯

ジェフリー・ペレット／林　義勝他訳

かつて日本に君臨した唯一のアメリカ人、生まれから大統領選挙戦にいたる知られざる全貌の決定版・1200頁。　5800円

新訳金瓶梅（全三巻予定）

田中智行訳（朝日・中日新聞他で紹介）

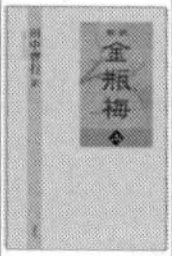

三国志などと並び四大奇書の一つとされる金瓶梅。そのイメージを刷新する翻訳に挑んだ意欲作。詳細な訳註も。　3500円

『新文体作法』序説　―ゴーゴリ『肖像画』を例に―

齋藤紘一

概念「ある」をもとに日本語の成り立ちを解明する文法書。実践編としてゴーゴリ『肖像画』を収録。　1800円

東西を繋ぐ白い道

森　和朗（元NHKチーフプロデューサー）

原始仏教からトランプ・カオスまで。宗教も政治も一筋の道に流れ込む壮大な歴史のドラマ。世界が直面する二河白道。　2200円

低線量放射線の脅威

J・グールド、B・ゴールドマン／今井清一・今井良一訳

低線量放射線と心疾患、ガン、感染症による死亡率がどのようにかかわるのかを膨大なデータをもとに明らかにする。　1900円

シングルトン

エリック・クライネンバーグ／白川貴子訳

一人で暮らす「シングルトン」が世界中で急上昇。このセンセーショナルな現実を検証する欧米有力誌で絶賛された衝撃の書。　1800円

詩に映るゲーテの生涯

柴田　翔

ゲーテの人生をその詩から読み解いた幻の名著の復活。ゲーテ研究・翻訳の第一人者柴田翔によるゲーテ論の集大成的作品。

改訂版 **文明のサスティナビリティ**　野田正治

枯渇する化石燃料に頼らず、社会を動かすエネルギーを生み出すことの出来る社会を考える。　1800円

スマホ汚染　新型複合汚染の真実　古庄弘枝

放射線（スマホの電波）、神経を狂わすネオニコチノイド系農薬、遺伝子組換食品等から身を守る。　1600円

インディアンにならなイカ!?　太田幸昌

先住民の島に住みついて、倒壊寸前のホステルで孤軍奮闘。自然と人間の仰天エピソード。　1300円

愛知ふるさと素描　河村アキラ

『名古屋ふるさと素描』に、新たに40枚を追加。愛知県内各地に残されたニッポンの消えゆく庶民の原風景を描く。1800円

純文学宣言

季刊文科25～78（61より各1500円）

〈編集委員〉青木健、伊藤氏貴、勝又浩、佐藤洋二郎
富岡幸一郎、中沢けい、松本徹、津村節子

【文学の本質を次世代に伝え、かつ純文学の孤塁を守りつつ、文学の復権を目指す文芸誌】

ドリーム・マシーン

悪名高きV-22オスプレイの知られざる歴史

リチャード・ウィッテル／影本賢治 訳

ディドロの思想を自然哲学的分野と美学的分野に分けて考察を進め、二つの分野の複合性を明らかにしてその融合をめざす。　3800円

アルザスワイン街道

―お気に入りの蔵をめぐる旅―

森本育子（2刷）

アルザスを知らないなんて！　フランスの魅力はなんといっても豊かな地方のバリエーションにつきる。　1800円

ヨーロピアンアンティーク大百科

英国・リージェント美術アカデミー 編／白須賀元樹 訳

英国オークションハウスの老舗サザビーズのエキスパートたちがアンティークのノウハウをすべて公開。　5715円

心豊かに生きるための40のレシピ

ふわふわさんとチクチクさんのポケット心理学

小林雅美

ポケットに入るぐらい気楽な心理学誕生。人生を切り開く「交流分析」を40のレシピとしてわかりやすく解説。　1600円

イセングリムス

中世ラテン語動物叙事詩

―狼と狐の物語―

丑田弘忍 訳

封建制とキリスト教との桎梏のもとで中世ヨーロッパ人を活写、聖職者をはじめ支配階級を鋭く諷刺。本邦初訳。　2800円

ディドロ 自然と藝術

冨田和男

ディドロの思想を自然哲学的分野と美学的分野に分けて考察を進め、二つの分野の複合性を明らかにしてその融合をめざす。　3800円

ダークサイド・オブ・ザ・ムーン

マルティン・ズーター／相田かずき 訳

世界を熱狂させたピンク・フロイドの魂がここに甦る。ドイツ人気No.1俳優M・ブライトロイ主演映画原作小説。　1600円

フランス・イタリア紀行

トバイアス・スモレット／根岸 彰 訳

十八世紀欧州社会と当時のグランドツアーの実態を描き、米国旅行誌が史上最良の旅行書の一冊に選定。発刊から250年、待望の完訳。　2800円

ヨーゼフ・ロート小説集

平田達治
佐藤康彦 訳

第一巻　優等生、バルバラ、立身出世
サヴォイホテル、曇った鏡 他

第二巻　ヨブ・ある平凡な男のロマン
タラバス・この世の客

第三巻　殺人者の告白、偽りの分銅・計量検査官の物語、美の勝利

第四巻　皇帝廟、千二夜物語、レヴィアタン（珊瑚商人譚）

別　巻　ラデツキー行進曲（2600円）

四六判・上製／平均480頁　3700円

カフカ、ベンヤミン、ムージルから現代作家にいたるまで大きな影響をあたえる。

ローベルト・ヴァルザー作品集

新本史斉／若林恵／F・ヒンターエーダー＝エムデ 訳

1　タンナー兄弟姉妹
2　助手
3　長編小説と散文集
4　散文小品集Ⅰ
5　盗賊／散文小品集Ⅱ

四六判、上製／各巻2600円

＊歴史

連邦陸軍電信隊の南北戦争　ITが救ったアメリカの危機
松田裕之

南北戦争を制した影の英雄・連邦陸軍電信隊。リンカーンを支えた特殊部隊の近代的情報戦の真実が甦る。　1700円

虚構の蘇我・聖徳　我は聖徳太子として蘇る
野田正治（建築家）

蘇我馬子が飛鳥寺を建立したのではなく厩戸皇子が四天王寺を建立したのではない　1800円

桃山の美濃古陶　古田織部の美
西村克也／久野 治

古田織部の指導で誕生した美濃古陶の未発表の伝世作品の逸品約90点をカラーで紹介。桃山茶陶歴史年表、茶人列伝も収録。　3600円

剣客斎藤弥九郎伝
木村紀八郎（二刷）

幕末激動の世を最後の剣客が奔る。その知られざる生涯を描く、はじめての本格評伝！　1900円

千少庵茶室大図解
長尾 晃（美術研究・建築家）

利休・織部・遠州好みの真相とは？　国宝茶室「待庵」は、本当に千利休作なのか？　不遇の天才茶人の実像に迫る。　2200円

秀吉の忠臣 **田中吉政とその時代**
田中建彦・充恵

優れた行政官として秀吉を支え続けた田中吉政の生涯を掘りおこす。カバー肖像は著者の田中家に伝わる。　1600円

天皇家の卑弥呼　誰も気づかなかった三世紀の日本
深田浩市（三刷）

倭国大乱は皇位継承戦争だった!!　日本書紀や魏志倭人伝、伝承、科学調査等から卑弥呼擁立の真の理由が明らかになる。　1500円

西行 わが心の行方
松本 徹（毎日新聞書評で紹介）

季刊文科で「物語のトポス西行随歩」として十五回にわたり連載された西行ゆかりの地を巡り論じた評論的随筆作品。　1600円

浦賀与力中島三郎助伝　木村紀八郎
幕末という岐路に先見と至誠をもって生き抜いた最後の武士の初の本格評伝。　2200円

軍艦奉行木村摂津守伝　木村紀八郎
若くして名利を求めず隠居、福沢諭吉が終生敬愛したというサムライの生涯。　2200円

南の悪魔フェリッペ二世　伊東 章
スペインの世紀といわれる百年が世界のすべてを変えた。黄金世紀の虚実1　1900円

不滅の帝王カルロス五世　伊東 章
世界のグローバル化に警鐘。平和を望んだ偉大な帝王が続けた戦争。黄金世紀の虚実2　1900円

フランク人の事蹟　第一回十字軍年代記
丑田弘忍訳　第一次十字軍に実際に参加した三人の年代記作家による異なる視点の記録。　2800円

大村益次郎伝　木村紀八郎
長州征討、戊辰戦争で長州軍を率いて幕府軍を撃破した天才軍略家の生涯を描く。　2200円

新版 日蓮の思想と生涯　須田晴夫
日蓮が生きた時代状況と、思想の展開を総合的に考察。日蓮仏法の案内書！　3500円

古事記新解釈　南九州方言で読み解く神代
飯野武夫／飯野布志夫 編　『古事記』上巻は南九州の方言で読み解ける。　4800円

夏目漱石 『猫』から『明暗』まで
平岡敏夫（週刊読書人他で紹介）

漱石文学は時代とのたたかいの所産であるゆえに、作品には微かな〈哀傷〉が漂う。新たな漱石を描き出す論集。2800円

赤彦とアララギ
—中原静子と太田喜志子をめぐって
福田はるか（読売新聞書評）

悩み苦しみながら伴走した妻不二子、畏敬と思慕で生き通した中原静子、門に入らず自力で成長した太田喜志子。2800円

ドストエフスキーの作家像
木下豊房（東京新聞で紹介）

二葉亭四迷から小林秀雄・椎名麟三、武田泰淳、埴谷雄高などにいたる正統的な受容を跡づけ、この古典作家の文学の本質に迫る。3800円

ピエールとリュス
ロマン・ロラン／三木原浩史 訳

1918年パリ。ドイツ軍の空爆の下でめぐりあった二人。ロラン作品のなかでも、今なお、愛され続ける名作の新訳と解説。1600円

中上健次論（全三巻）
（第一巻 死者の声から、声なき死者へ）
（第二巻 父の名の否〈ノン〉、あるいは資本の到来）（第三巻 幻想の村から）

戦死者の声が支配する戦後民主主義を描く大江健三郎に対し声なき死者と格闘し自己の世界を確立していった初期作品を読む。各3200円

山崎の鬼
高畠 寛

代表的作品を収めるアンソロジー。山崎は大阪から見れば、陰陽道でいうところの、鬼の出入りする場所。1500円

釈尊の悟り—自己と世界の真実のすがた
吉野 博

最古の仏教聖典「スッタニパータ」の詩句、悟りを開いた日本・中国の禅師、インドの聖者の言葉を中心にすべての真相を明らかにする。1500円

小説木戸孝允 上・下
—愛と憂国の生涯—
中尾實信（2刷）

西郷、大久保が躊躇した文明開化と封建制打破を成就し、四民平等の近代国家を目指した木戸孝允の生涯を描く大作。3500円

「へうげもの」で話題の〝古田織部三部作〟
久野 治（NHK、BS11など歴史番組に出演）

新訂 古田織部の世界 2800円
千利休から古田織部へ 2200円
改訂 古田織部とその周辺 2800円

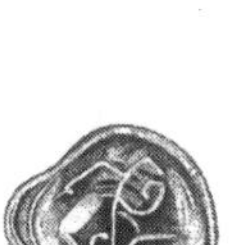

ドイツ詩を読む愉しみ
森泉朋子編訳

ゲーテからブレヒトまで 時代を経てなお輝き続ける珠玉の五〇編とエッセイ。1600円

ドイツ文化を担った女性たち
その活躍の軌跡 ゲルマニスティネンの会編
（光末紀子、奈倉洋子、宮本絢子）2800円

芸術に関する幻想
W・H・ヴァッケンローダー
毛利真実 訳 デューラーに対する敬虔、ラファエロ、ミケランジェロ、そして音楽。1500円

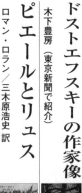

*ドイツ語圏関係他

ニーベルンゲンの歌

岡﨑忠弘 訳（週刊読書人で紹介）

『ファウスト』とともにドイツ文学の双璧をなす英雄叙事詩を綿密な翻訳により待望の完全新訳。詳細な訳註と解説付。　5800円

ペーター・フーヘルの世界
―その人生と作品

斉藤寿雄（週刊読書人で紹介）

旧東ドイツの代表的詩人の困難に満ちたその生涯を紹介し、作品解釈をつけ、主要な詩の翻訳をまとめた画期的書。2800円

エロスの系譜
―古代の神話から魔女信仰まで

A・ライプブラント＝ヴェトライ　W・ライプブラント
鎌田道生　孟真理 訳

男と女、この二つの性の出会いと戦いの歴史。西洋の文化と精神における愛を多岐に亘る文献を駆使し文化史的に語る。6500円

生きられた言葉
―ラインホルト・シュナイダーの生涯と作品―

下村喜八

シュヴァイツァーと共に20世紀の良心と称えられた、その生涯と思想をはじめて本格的に紹介する。2500円

ヘルダーのビルドゥング思想

濱田　真

ドイツ語のビルドゥングは「教養」「教育」という訳語を超えた奥行きを持つ。これを手がかりに思想の核心に迫る。3600円

ゲーテ『悲劇ファウスト』を読みなおす

新妻　篤

ゲーテが約六〇年をかけて完成。すべて原文に即して内部から理解しようと研究してきた著者が明かすファウスト論。2800円

二〇一八改訂 黄金の星（ツァラトゥストラ）はこう語った

ニーチェ／小山修一 訳

詩人ニーチェの真意、健やかな喜びを伝える画期的全訳。ニーチェの真意に最も近い全訳。2800円

『ドイツ伝説集』のコスモロジー

植　朗子

ドイツ民俗学の基底であり民間伝承蒐集の先がけとなったグリム兄弟『ドイツ伝説集』の内面的実像を明らかにする。1800円

ハンブルク演劇論　G・E・レッシング　南大路振一 訳
アリストテレス以降の欧州演劇の本質を探る代表作。6800円

ギュンター・グラスの世界　依岡隆児
つねに実験的方法に挑み、政治と社会から関心を失わなかったノーベル賞作家を正面から論ずる。2800円

グリムにおける魔女とユダヤ人　奈倉洋子
―メルヒェン・伝説・神話―
グリムのメルヒェン集と伝説集を中心にその変化の実態と意味を探る。1500円

フリードリヒ・シラー美学＝倫理学用語辞典 序説
ヴェルンリ／馬上徳 訳　難解なシラーの基本的用語を網羅し体系化をはかり明快な解釈をほどこし全思想を概観。2400円

新ロビンソン物語　カンペ／田尻三千夫 訳
18世紀後半、教育の世紀に生まれた「ロビンソン・クルーソー」を上回るベストセラー。2400円

東方ユダヤ人の歴史　ハウマン／平田達治　荒島浩雅 訳
その実態と成立の歴史的背景をこれほど見事に解き明かしている本はこれまでになかった。2600円

ポーランド旅行　デーブリーン／岸本雅之 訳
長年にわたる他国の支配を脱し、独立国家の夢を果たしたポーランドのありのままの姿を探る。2400円

東ドイツ文学小史　W・エメリヒ／津村正樹 監訳
神話化から歴史へ。一つの国家の終焉はその文学の終りを意味しない。6900円

モリエール傑作戯曲選集2

柴田耕太郎訳（ドン・ジュアン、才女気どり、嫌々ながら医者にされ、人間嫌い）

現代の読者に分かりやすく、また上演用の台本としても考え抜かれた、画期的新訳の完成。　2800円

イタリア映画史入門 1950〜2003

J・P・ブルネッタ／川本英明訳（読売新聞書評）

映画の誕生からヴィスコンティ、フェリーニ等の巨匠、それ以降の動向まで世界映画史をふまえた決定版。　5800円

フェデリコ・フェリーニ

川本英明

イタリア文学者がフェリーニの生い立ち、青春時代、監督デビューまでの足跡、各作品の思想的背景など、巨匠のすべてを追う。　1800円

ある投票立会人の一日

イタロ・カルヴィーノ／柘植由紀美訳

奇想天外な物語を魔法のごとく生み出した作家の、二十世紀イタリア戦後社会を背景にした知られざる先駆的小説。　1800円

魂の詩人 パゾリーニ

ニコ・ナルディーニ／川本英明訳（朝日新聞書評）

常にセンセーショナルとゴシップを巻きおこした異端の天才の生涯と、詩人としての素顔に迫る決定版！　1900円

ドイツ映画

ザビーネ・ハーケ／山本佳樹訳

ドイツ映画の黎明期からの歴史に、欧州映画やハリウッドとの関係、政治経済や社会文化からその位置づけを見る。　3900円

つげ義春を読め

清水正（読売新聞書評で紹介）

つげマンガ完全読本！　五〇編の謎をコマごとに解き明かす鮮烈批評。読売新聞書評で紹介。　4700円

雪が降るまえに

A・タルコフスキー／坂庭淳史訳（二刷出来）

詩人アルセニーの言葉の延長線上に拡がっていた世界こそ、息子アンドレイの映像作品の原風景そのものだった。　1900円

宮崎駿の時代 1941〜2008　久美薫

宮崎アニメの物語構造と主題分析、マンガ史からアニメ技術史まで宮崎駿論一千枚。　1600円

ヴィスコンティ　若菜薫

「郵便配達は二度ベルを鳴らす」から「イノセント」まで巨匠の映像美学に迫る。　2200円

ヴィスコンティII　若菜薫

高貴なる錯乱のイマージュ。「ベリッシマ」「白夜」「前金」「熊座の淡き星影」　2200円

アンゲロプロスの瞳　若菜薫

『旅芸人の記録』の巨匠への壮麗なるオマージュ。（二刷出来）　2800円

ジャン・ルノワールの誘惑　若菜薫

多彩多様な映像表現とその官能的で豊饒な映像世界を踏破する。　2200円

聖タルコフスキー　若菜薫

「映像の詩人」アンドレイ・タルコフスキーのその全容に迫る。　2000円

銀座並木座 日本映画とともに歩んだ四十五歩

嵩元友子　ようこそ並木座へ、ちいさな映画館をめぐるとっておきの物語　1800円

フィルムノワールの時代　新井達夫

人の心の闇を描いた娯楽映画の数々暗い情熱に衝き動かされる人間のドラマ。　2200円

＊実用・ビジネス

AutoCAD LT 標準教科書 ２０１６／２０１７／２０１８ ２０１９対応（オールカラー）
中森隆道

25年以上にわたる企業講習と職業訓練校での教育実績に基づく決定版。初心者から実務者まで対応の524頁。 ３０００円

食通のおもてなし観光学
山上　徹

観光ビジネスに役立つ全162テーマをコラムとして収録。今話題のイスラム教のハラルについても言及している。 １５００円

今行き詰まっている君へ 人生をきりひらく80の知恵
レナルド・フェルドマン、M・ジャン・ルミ著／浅井真砂 訳

世界中の古代の知恵と現代のスピリチュアリティー」が見事に融合した、すべての人に贈る人生の指南書。 １５００円

心に触れるホームページをつくる
秋山典丈

従来のHP作成・SEO本とは一線を画しコンテンツの書き方に焦点を当てる。商品企画や販売促進にも。 １６００円

〝できる人〟がやっている**〝質の高い〟仕事の進め方** 秘訣はトリプルスリー
糸藤正士

質の高い仕事の進め方にはできる人がやっている共通の秘訣、3つの視点、3つの深度、3つの方向がある。 １６００円

草木名の語源
江副水城

草名200種、木名150種、修飾名を含め合計1000種以上収録。古典を読み解き新説を披露。 ３８００円

現代アラビア語辞典 ――アラビア語日本語
田中博一／スバイハット レイス 監修

本邦初1000頁を超える本格的かつ、実用的アラビア語日本語辞典。見出し語1万語以上で例文・熟語多数。 １００００円

現代日本語アラビア語辞典
田中博一／スバイハット レイス 監修

見出し語約1万語、例文1万2千以上収録。日本人のみならず、アラビア人の使用にも配慮し、初級者から上級者まで対応のB5判。 ８０００円

AutoLISP with Dialog 中森隆道
AutoCAD LT 2013 対応　即効性を明快に証明した本格的解説書。 ３４００円

開運虎の巻 街頭易者の独り言 天童春樹
三十余年六万人の鑑定実績。あなたと身内の運命と開運法をお話しします １５００円

成果主義人事制度をつくる 松本順一
３０日でつくれる人事制度だから、業績向上が実現できる。（第10刷出来） １６００円

腹話術入門（第4刷出来） 花丘奈果
発声方法、台本づくり、手軽な人形作りまで一人で楽しく習得。台本も満載。 １８００円

南京玉すだれ入門（2刷）花丘奈果
いつでも、どこでも、誰にでも、見て楽しく演じて楽しい元祖・大道芸を解説。 １６００円

新訂版 **交流分析エゴグラムの読み方と行動処方** 植木清直／佐藤寛 編
交流分析の読み方をやさしく解説。 １５００円

楽しく子育て44の急所 川上由美
これだけは伝えておきたいこと、感じたこと、考えたこと。基本的なコツ！ １２００円

初心者のための蒸気タービン 山岡勝己
原理から応用、保守点検、今後へのヒントなどベテランにも役立つ。技術者必携。 ２８００円

風と雲と月と星
星のまたたきはほんの一瞬なのだ

星に導かれ、月に導かれ
地上をさ迷い歩く

その道は永遠へと続く道
その道は命へと続く道
その道は真理へと至る道

人はいつしか道を見つけ
月を見上げて希望を叶える
月を見上げて感謝を捧げる
月を見上げて歓びの声をあげる

そして、人はいつしか地上で神を見出すだろう

九十九匹の羊

一匹の羊が迷い出た
闇に紛れて迷い出た

良い羊飼いは九十九匹の羊を残して
その一匹をみつけるために野を越え、丘を越え、谷を渡り
そして、山を越える

その羊飼いは一匹の羊を助けるために
命を懸け、涙を流し、血を流す

迷い出た羊は飢え渇き
それはわたしであり、あなたであり、人々である。

迷い出たその魂は
羊飼いによって救われ、贖われ
命を得る

そして、その羊は主の恵みと祝福と慰めを受け
その魂は癒しを得る

そして、命の水を得た羊は復活し
永遠の命に至るのである

スイフトスポーツ

その感動と驚きと喜び

車は光に導かれ、三号線を突き進む

その心地良さ、その快適さ
そして、そのスポーティな躍動感

車は人と一体となり、その鼓動を伝える
車は人と一体となり、その感性を刺激する
車は人と一対となり、二つの魂が甦る

車は光の中、三号線を突き進む

他の車を尻目に歓喜の頂に至る
他の車を尻目に至高の峰に至る
他の車の追随を許さず、光彩を解き放つ

そして、天空に向かって輝きを増していく

それは正しく魂の躍動
それは正しく魂の鼓動

歓びと平安と感動と驚き

そして、「スイフトスポーツ」は
今日も孤高の道を突き進むにちがいない

翠《みどり》

新緑の五月
僕はドライブをする
大分《おおいた》、奥宝泉寺に泊まり
翌日のドライブルートを練る

宝泉寺から小国へ出ようとしたとき
突然、神の啓示を受け
車を黒川温泉へと走らせる

コーヒーが飲みたくなった私は
カフェを探しにゆっくりと車を走らせる

そこには隠れるようにしてひっそりとカフェが佇んでいた
そこは緑の木立の中にある桃源郷

そこは異次元の世界
そこは異次元の空間

私はそこでコーヒーを飲み、ケーキを食べ
そして、私は驚きと感動を覚え
新しい歓びと新しい出会いに感謝する

翠の空間、翠の世界、そして寛ぎの時間

そこで私は魂を憩わせて
新しいエネルギーを蓄え、心を躍らせ

そして、明日への一歩を踏み出すにちがいない

滅びゆく魂

滅びゆく魂
滅びゆく魂は滅びゆく

闇と死の狭間で滅びゆく
サタンが支配する世界で滅びゆく

絶望と死と闇とサタンが支配する
光りの届かない、深い淵、深い海、深い悔恨

光りの射さない闇夜の世界

人は苦悩し、苦悶し、もがき、喘ぎ

そして、死に至る

死が支配する暗黒の世界
死が支配する絶望の世界

なぜ人は救いを求めないのか
なぜ人は手を差し出さないのか

滅びゆく魂と滅びゆく人々

なぜ人は現状に満足するのか
なぜ人は幸福だと思っているのか

なぜ人は光を求めないのか
なぜ人は真の光を求めないのか
なぜ人は真理を求めないのか

なぜ人は真の愛を求めないのか
なぜ人は救いを求めないのか

滅びゆく魂は滅びゆく
滅びゆく魂のために

切に祈ります　アーメン！

闇と光

闇
闇夜

闇夜を照らす明かり
闇夜を支配するサタン

闇夜を照らす明かりと支配するサタン

闇夜にトンネルを通り抜ける
トンネルの明かりは一瞬なのだ
闇夜を照らすトンネルの明かりはほんの一瞬なのだ

トンネルを抜け、また闇夜となる
辺りは静寂の世界
闇が支配する静寂の世界

ただ蛙の鳴き声だけが響き渡る
闇夜を支配する静寂の世界に響き渡る蛙の声

そこはもう偶像が支配する闇の世界
闇の力が支配する偶像の世界

闇の力は凄まじい魔力を秘め
人間の世界に密かに、静かに侵入する

闇の力は想像を絶する魔力をもって
人間の世界に、光りの世界に侵入しようとする

人に愉しみを与える
魔の力、魔の世界、闇の世界、闇夜の世界

しかし、天上に広がる満天の星屑
闇夜を照らす満天の星屑、そして月

闇の世界はいつしか消え去り
星屑が瞬き、月が輝きを放つ

暗闇は天空の彼方に消え去り
いつしか、夜明けを迎える

夜明けはもう、すぐそばまで来ているのだ
夜明けはすぐ近くまで来ているのだ

闇は消え去り、光が支配する

闇夜は消え去り、陽が昇る
闇は完全に消え去り
太陽だけが支配する

そして「闇は光に打ち勝つことはできなかった」のである

Current（流れ）

流れ
川の流れ
川のせせらぎ

飛ぶ鳥
飛ぶ翡翠《かわせみ》

川の流れに沿って泳ぐ山女魚《やまめ》
川の流れに逆らって泳ぐ香魚《あゆ》

清滝の音
清滝の水

山から湧き出る泉
泉から流れ出るせせらぎ
せせらぎがいつしか河となって
海に注ぎ込む

流れ
川の流れ
川のせせらぎ
清滝の音
清滝の水

湧き出づる泉
泉から流れ出るせせらぎ

せせらぎはいつしか大河となって
大海に注ぎ込む

「Current」

時流に乗って、時を遡る

聖書（The Bible）

「それでわたしたちは、聖書から忍耐と慰めを学んで希望を持ち続けることができるのです。」（ローマ人への手紙15章4節）

聖書は命の御言《みことば》、命の書
聖書は生ける泉の水、生ける水の泉のほとり
聖書は生ける川のほとり、生ける川の泉の源
生ける魂の根源、生ける魂の泉の流れ出るところ

聖書は真理の源、真理の泉、真理の川の流れ出るところ
聖書は真の命の泉、真の命の道、真の真理の道

人は聖書に命を求め、癒しを求め、救いを求める

人は聖書に真理を求め、解放を求め、自由を求める

聖書は身近にありながら、人はそれに気づかず
偶像を拝み、祈り、納得する

それは錯覚であり、幻覚であり、誤解であり、的外れである

真の救いが聖書にありながら
偶像を拝み、納得し、満足し、家路につく

家ではお守りを後生大事にし、何の神かも分からずに
八百万《やおよろず》の神に頭を垂れ、右往左往する

聖書は真の神の啓示の書、真の命の書、真の道の書
聖書は真の救いの書、真理の書なのである

神の神殿　――世界の救いのために

「あなたがたは、自分が神の神殿であり、神の霊が自分たちの内に住んでいることを知らないのですか。」（コリント第一の手紙3章16節）

わたしは主の神殿
あなたは主の神殿
あなた方も主の神殿なのである

人は自分が主の神殿であることに気づかず
偶像の神殿に走り、拝み、納得し、平安を覚える
それは錯覚であり、不信仰であり、的はずれである

わたしは主の神殿

あなたも主の神殿
私たちは主の神殿なのである

主の神殿はイエス・キリストの体
父なる愛の神の住まうところ
聖霊の親しき交わりのあるところ

三位一体なる神の真の住まい
三位一体なる神の真の住処

真の平安、真の喜び、真の感謝、真の祈り
真理なる歓びと平安と感謝と祈りを捧げるところ

「神の神殿」

それはわが心の内にあるのである

瞳

君は何を悩んでいるの
君は何に苦しんでいるの

君の苦悩は試練
君の悔恨は練達
君の哀しみは平安

君がいつも主を見上げているとき
そこに、歓びがあり、慰めがあり、平安があり、幸福がある

君がいつも主を見上げているとき
十字架の血潮が流れ

君の命は復活する
君の瞳は再び輝きを増し
人々の心を魅了する

君がいつも主を見上げているとき
キリストが重荷を負ってくださり
君の魂は生き返る

君の瞳は再び歓びに満ち溢れ
人々の魂を生き返らせる

君の瞳がいつまでも十字架を見上げ
輝き続けますように

切に祈ります

島

絶海の孤島に君がいた
君は悠々と海を泳ぎながら深海に達する
そこは音の聞こえない、光りの届かない世界
君はそこで悠々と泳ぎながら
夢を見、幻を見る

そして、深海を泳ぎながら
真実の愛に目覚め
いつしか、海面に上がり、大海を泳ぐ
水面を泳ぐ君は、いつしか人魚となり

そこで人の気持ちと魚の気持ちを理解するようになり
すべてと一つになった命を得る

そして、君はいつしか孤島を離れ
人里近い島に移り住むようになる

そこは夢の島、希望の砦、幻の地
人はいつしかそこに移り住み
君もいつしか人となる

人となった君は素敵な彼を見つけ
恋に落ちる

そして、君は結婚し、幸せな家庭を築く
君はいつしか自分が人魚であったことを忘れ
人として自由に、解放され

そして、真実に歩もうとする

二人の愛は永遠に
そして、真実に歩みを続け
幸せな一生を送る

絶海の孤島に住む人魚は
人里近い島に移り住み

そして、素敵な彼を見つけ
幸せな生活を送り

そして、幸福な一生を添い遂げるのである

役　者

嘘を演じる役者
事実を演じる役者
真実を演じる役者

役になり切れない役者
役になりきる役者

役者が嘘を演じて嘘を伝え
役者が事実を演じて事実を伝え
役者が真実を演じて真実を伝える

何が嘘で、何が事実で、何が真実なのか

観客はその演技に惑わされ
その演技に一喜一憂し
その演技に感動し
その演技に涙する

観客はその演技が嘘なのか
事実なのか真実なのか分からないまま
役者の名前や監督の名前に右往左往する

観客は高い金を払って
嘘なのか事実なのか真実なのか
分からないまま、う呑みにする

事実のウラに隠された真実
真実のウラに隠された真理

「この世はすべて舞台だ。
そして男も女もその役者に過ぎない」（シェークスピア）

希望と絶望

人生に何の希望もなく
ただ右往左往し
さ迷い続ける流浪の民

人生に生きる目的を見出し
希望をもって今日に生き
明日に向かって生きる人々

人はなぜ希望を見出せないのか
人はなぜ希望を見出すことができるのか
人はなぜ絶望の果てに救いを求めないのか

人はなぜ絶望の果てに神を求めないのか
人はなぜ希望を見出しているにもかかわらず
神を見出すことができないのか

希望と絶望

どちらが救いに近いのか
どちらが神の救いに近いのか
どちらが真の救いに近いのか

救いはもうすぐそこまで来ている
救いはもうすぐ近くまで来ている

希望と絶望

どちらが真の希望でどちらが真の絶望なのか
みなさんが神を求めることを
切に願います

混沌

世界は混沌としている
世界が二つに分かれる
東と西に分かれる
南と北に分かれる

神が世界を創造し、天と地に分かれる
そして、神が人を創造し
世界は安定を迎える

しかし、蛇に姿を変えたサタンが人を誘惑し
神との誓いを破る

エデンの園から人を追放し
世界はまた混沌となる

世界を支配するように命じられた人は
知恵を使って右往左往するが
世界は滅びに至ろうとしている

科学は進歩し、医学は発達し
寿命は伸びていくが、人は神を見失い
世界は混沌とし、そして闇が迫ろうとしている

混沌とした世界はいつから始まったのか
混沌とした世界はいつになったら終わるのか
混沌とした世界はいつになったら安定を迎えるのか

人はいつ安住の地に住めるのか

人はいつ「約束の地」に住めるのか
混沌とした世界を終わらせるのは誰なのか
それは神だけが知っている

罪と善と最善と

何が罪で何が善なのか
何が善で何が悪なのか
何が罪で何が善で何が最善なのか

人は何が罪なのか気づきもせず
人は一生を終える

人は何が善なのか気にもとめず
人は一生を終える

人は自分の罪に気づき、悔い改め
神に救いを求める

人は善を行っていると、余韻に浸り
神を見出せない

罪を行っている者が不幸なのか
善を行っている者が幸福なのか

何が罪で何が善で何が最善なのか
分らないまま、人は一生を終える

しかし、神は最善を為し給う

人は何が罪で何が善なのか分からないまま
うろたえていても、神は最善を為し給う

「人は自由の刑に処せられている」という

人が何を選択し
人が何を行うのか

それはあなたの自由に任せられているのである

無宗教

無宗教という名の宗教
宗教は信じないという宗教

では、何に基準を置いて生活するのか
何に生きる価値を置いて生活するのか
何にすがって生きていけばいいのか
何にもすがらずに生きていけばいいのか

人は本当に一人で生きていけるのか
人は本当に一人で強く生きていくことができるのか

そんなに人間って強いのか

そんなに人間って本当に強いのか
人間はいつから傲慢になったのか
人間はいつから無知になったのか

人間はなぜ神を知る知恵を持っていないのか
「神を知ることは智慧の初めである」
日本人だけがなぜ神を知ることができないのか

滅びゆく日本人と
滅びゆく日本の魂

無宗教という名の宗教を信仰し
どこへ向かおうとしているのか

神はじっと忍耐しておられる

沙羅樹《しゃらじゅ》

「沙羅」は秘かに建っていた
僕を呼んでいるかのように待っていた

古民家風の建物の中は広く
居心地が良く、静まり返っていた

まるで僕を迎えるかのように
まるで僕を包むかのように待っていた

僕は「山菜そば」を注文する
それはほぼ完璧な器とほぼ完璧な盛りつけ

僕は広い空間でその匂いを嗅ぐ
えも言われぬその香り
僕は空腹を覚え食す

天ぷらをつゆに浸し食す
そばを食す、漬物を食す
その味はどれも「完璧」

これが本当のそばの味
これが完璧なそばの味

私は完食し、そして余韻に浸る

私は帰り際、女将とスタッフに感動を伝え
店を後にする

そして、もうじきナツツバキが淡黄色の花をつけ
辺り一面にその芳香を放ち続けることだろう

宝物

君は涙を流し
君は哀しみをこらえ
君はつらさに耐え
そうして生きてきた

やがて楽しい思い出や
嬉しい思い出が
君を待っているにちがいない

君は今じっと耐えながら
花が咲くのを待っているにちがいない

昨日までの思い出は葉に残る朝露

陽が昇るといつのまにか消えてゆく
朝露は虹色に輝きながら
天空へと消えてゆく

朝露は昨日までの君の苦悩
朝露は今日からの君の希望、志、そして夢
やがて朝露は雲となり、そして雨となって
地上に降り注ぐ

そして花を咲かせ、葉を茂らせ
また朝露となって虹を架ける

君の心の片すみのどこかで宝物としてその朝露が
しっかりと跡を残していることだろう

目を覚ましていなさい

目を覚ましていなさい!!
主がいつ来られるか分からないからである

目を覚ましていなさい!!
主がいつ門を叩かれるか分からないからである

目を覚ましていなさい!!
主がいつ中に入ってこられるか分からないからである

その時はある日突然訪れる
その時はサタンが隙を狙っている

君は肉の眼《まなこ》を開け、霊の目を開け

覚ましていなければならない
なぜなら、サタンが隙を狙っているからである

サタンは巧妙に、かつ狡猾に隙を狙っている
サタンに隙を与えてはならない
サタンに弱味を見せてはならない

サタンが私たちの心の隙を狙って待ち伏せしているからである

門をしっかりと閉じていなさい
そして、しっかりと目を覚ましていなさい

いつ主が来られるか分からないからである
いつ主が門を叩かれるか分からないからである
いつ主が中に入ってこられるか分からないからである

板挟み

会社では上司と部下の板挟み
家庭では妻と子供たちとの板挟み

あちらとこちらで板挟みの状態です。

「わたしにとって、生きるとはキリストであり、死ぬことは利益なのです。けれども、肉において生き続ければ、実り多い働きができ、どちらを選ぶべきか、わたしには分かりません。この二つのことの間で、板挟みの状態です。」（フィリピの信徒への手紙1章21節〜23節）

私たちはあちらでもないこちらでもないと
板挟みの状態になりますが、

それは自分を中心に考えるからです。

私たちは肉の世ではAとかBとか
Cとかに所属していますが、
神の目から見れば皆一つなのです。

だから中にあって板挟みの状態になるのではなく、
一段高いところに目を置いて、一つに融合させる
知恵と神の力が必要です。

パウロ先生が板挟みにあったのは
全く次元が違います。

パウロ先生のように、肉においてはキリストの為に
実り多い働きをし、天国にあってはキリストに
喜ばれ、祝福される者となりたいものです。

都《みやこ》 ――住処《すみか》――

私たちはこの地上に住処を求める
どこに私たちの住処はあるのか

私たちは、あちこちの住処を探し求め
あちらこちらと住み替える

この地上の住処は仮の住まいであって
本当の住まいはこの地上にはない

人に欲望があるように
どこに住むか迷ってしまうだろう
どれに住むか迷ってしまうだろう
何を建てるか迷ってしまうだろう

人生最大の買い物である住居を
人生最大の決断でもって買う時が来る

そして、安住の地として住むことになる
しかし、そこは最後の安住の地ではない
安住の地は、この地上にはないのである

私たちの安住の地はこの地上ではなく
天上にある

いくら豪奢な住まいに住もうとも
地上の住まいは仮の住まいなのである

「わたしたちはこの地上に永続する都を持っておらず、来るべき都を探し求めているのです。」（ヘブライ人への手紙13章14節）

霊の実と肉の業

「わたしが言いたいのは、こういうことです。霊の導きに従って歩みなさい。そうすれば、決して肉の欲望を満足させるようなことはありません。肉の望むところは、霊に反し、霊の望むところは、肉に反するからです。肉と霊とが対立し合っているので、あなたがたは、自分のしたいと思うことができないのです。しかし、霊に導かれているなら、あなたがたは、律法の下にはいません。肉の業は明らかです。それは、姦淫、わいせつ、好色、偶像礼拝、魔術、敵意、争い、そねみ、怒り、利己心、不和、仲間争い、ねたみ、泥酔、酒宴、その他このたぐいのものです。」（ガラテヤの信徒への手紙5章16節〜21節）

私たちには欲望が付いてまわります
利己心が付いてまわります
自己顕示欲が付いてまわります

会社にあっては、他を蹴落としてまでも
出世しようとする出世欲
競合他社にあっては、他を出し抜いてでも
生き残ろうとする排他的な欲望
人にあっては嘘をついてまで
生き残ろうとする防衛本能

そして物欲や欲望と虚栄心で
見栄を張ろうとする
体裁をつくろうとする

どうして人はこれら一切のものを捨て去ることができないのか

「これに対して、霊の結ぶ実は愛であり、喜び、平和、寛容、親切、善意、誠実、柔和、節制です。これらを禁じる掟はありません。キリスト・イエスのものとなっ

た人たちは、肉を欲情や欲望もろとも十字架につけてしまったのです。」（ガラテヤの信徒への手紙5章22〜24節）

永遠の命

私たちはこの地上に生まれ
そして、生涯を全うする
ある人は幸福な一生を送り
ある人は不幸な一生を送る
なぜ人は幸福な一生を送り、不幸な一生を送るのか

人の命は地球よりも重いという
なのに、なぜ人は人を殺すのか
なぜ、親が子を殺すのか、

なぜ、子が親を殺すのか
人は自分の寿命を全うせずに
殺されるという悲劇はいつまで続くのか
人は自分の命は親からもらったという
人の命は神様から授かったという
本当に神を信じてそう言っているのか
八百万の神を信じてそう言っているのか
日本人の神に対する認識はいつも曖昧である
人がこの地上を去るとき、何処に行くのか
本当に天国に行けるのか

それは神だけが知っている

「神は、その独り子をお与えになったほどに、世を愛された。独り子を信じる者が一人も滅びないで、永遠の命を得るためである。」（ヨハネによる福音書3章16節）

信仰

「信仰とは、望んでいる事柄を確信し、見えない事実を確認することです。昔の人たちは、この信仰のゆえに神に認められました。」（ヘブライ人への手紙11章1節）

信仰とは行先不明の旅のようなものである
「アブラハムはどこに行くのかを知らないまま、出ていきました。」

私たちは全てを主に委ねて
私たちは全てに主を信頼して
生きているだろうか
信仰しているだろうか

体験をもって、確信をもって
いつもいつも、主を見上げているだろうか

見えない神を信じることは困難なことだろうか
見える神であられたイエス・キリストを信じることは至難の業だろうか

人は手近な八百万の神は信じるのに、
どうして、本当の神を信じることができないのだろうか

昔の人たちは望んでいる事柄を確信し
見えない事実を確認して、信仰を認められた

どうすれば見えない神を確認し、
信じることができるのか

人が窮地に陥った時、それが実は神の
ご計画であると気づいたとき、人は本当の神の
存在に気付くのかもしれない。

稲穂

―S・Iさんへ―

稲穂がそよぐ
稲穂が田園をそよぐ
黄金色に染まった稲穂が田園をそよぐ

太古の昔から営々と営み続けてきた
人々は、六月に稲を植え、成長を見守り
十月に刈り取りを迎える

黄金色に染まった田園には
薄い絹の衣をまとった天女が
宙を舞う、何度もなんども宙を舞う

神様も収穫を祝福しているのだ
神様も人々を祝福しているのだ

収穫の喜びに人は歓喜し、宴を催す
一年の苦労がこの一瞬に報われるのだ

人はまた次の収穫に備え、準備する
そして、人々は汗を流し、時には血を流しながら
毎年毎年、同じ営みを繰り返してきたのだ

大自然の営みに畏敬の念を抱きながら
脈々と人びとが営みを続けてゆく

稲穂がそよぐ
稲穂が田園をそよぐ
黄金色に染まった稲穂を十月の風が吹き渡る

目

「体のともし火は目である」（マタイによる福音書6章22節）

君はどこを見ているの
君は何を見つめているの

君はその瞳で何を探しているの
君はその瞳で何を見つけたの

君はいつも大空を見上げ
君はいつも虹を探し

今日、君は見つけただろうか

君の瞳に映っている自分の光を
君の瞳に輝いている明日の自分を

君の目がいつも輝いている限り
君の瞳がいつも澄んでいる限り
いつか必ず、本当の自分を見出すに違いない

そして、いつも前を向いて、いつも明日に向かって
情熱を目の内に秘めながら
君は歩んでゆくに違いない

沈黙と静寂

――神の世界――

夜明けの前の静寂
未明のしじまを破って汽笛が鳴る
暁の光はもうすぐなのだ
そして、また静寂が支配する

世界は静寂の中、夜明けが近づく
世界は沈黙し、夜明けが近づく

沈黙が支配し、世界は静寂の中、
神は沈黙し、世界を支配する

神は沈黙し、世界はまた静寂の中に沈む

神の沈黙は世界の始まり
神の沈黙は世界の抱擁

神は沈黙され、人を導き
そして、完結する

神の沈黙と静寂の世界
神の沈黙は世界のはじまり

そして、神は沈黙しながら待っておられるのである

パン

あなたは生きるためにパンを食べていますか？
パンを食べるために生きていますか？

あなたは飢えていませんか？
あなたは渇いていませんか？

あなたは食べるだけで満足していませんか？
あなたは飲むだけで満足していませんか？

あなたはおいしいパンを食べていますか？
あなたは人の手によって作られたパンを食べていませんか？

この世に完璧なパンがあるでしょうか？
この世に完璧なものがあるでしょうか？
この世に完璧な作品があるでしょうか？

まことのパンを食べてみませんか
「命のパン」を食べてみませんか

「イエスは言われた。『わたしが命のパンである。わたしのもとに来る者は決して飢えることがなく、わたしを信じる者は決して渇くことがない。』」（ヨハネによる福音書6章35節）

「命のパン」を食べて、平安を覚えてみませんか
「命のパン」を食べて、よろこびを覚えてみませんか
「命のパン」を食べて、永遠の命にあずかってみませんか

どうか人びとが命のパンを食べることができますように

切に祈ります
アーメン！

試練

あなたは今、試練の中にいますか？
あなたは今、試練の中をくぐり抜けていますか？

あなたは今、感謝していますか？
あなたは今、よろこびに満ちていますか？

試練は喜び
試練は感謝

あなたが今、試練の中にいるとき、キリストがそばにいてくださいます
あなたが今、試練の中にいるとき、キリストが担ってくださいます
あなたが今、試練の中にいるとき、

キリストが十字架上で血を流してくださいます
試練は苦痛ではありません
試練は苦難ではありません

試練は喜び
試練は感謝
そして、平安

キリストがあなたのすぐそばにいるとき
試練は喜びに変わり、感謝に変わり
そして、平安に変わります

あなたの試練が、
あなたの苦難が
主にあって喜び、感謝と平安に変わることを

切に祈ります
アーメン！

ぶどうの木

あなたはつながっていますか？
あなたは誰とつながっていますか？
あなたは何につながっていますか？

それは、あなたの親ですか、兄弟姉妹ですか、友人ですか？

あなたは社会とつながっていますか？
それとも、断絶していますか？

あなたは孤立していませんか？
あなたは孤独の中を歩いていませんか？
あなたは絶望の淵にいませんか？

「主はぶどうの木、私は枝です」

ぶどうの木である神様とつながってみませんか
ぶどうの木であるキリストとつながってみませんか

ぶどうの木から養分を吸い上げてみませんか
ぶどうの木から愛を受けとめてみませんか
ぶどうの木から慰めを受けてみませんか

あなたがいつも「ブドウの木」とつながっていることを
切に祈ります

単純になれ

単純になれ！　Simple is best!

あなたは単純になれますか？
あなたは複雑になっていませんか？

あなたは単純に生きるようにしていますか？
それとも、複雑に生きていませんか？

単純に生きることは難しいことですか？
複雑に生きることは苦しくありませんか？

「単純なるものこそ偉大なるものの謎を宿している。」

夜空の星を眺めてみてください
宇宙の果てを考えてみてください
偉大なるものの存在を考えてみてください

天地万物の造り主がなぜあなたを造ったのか
夜空の星を眺めてみれば
気がつくかもしれません

主に祈りと感謝と喜びをささげます
アーメン！

戦場

戦場
戦場《いくさば》

世界中に戦場が広がり
日本中に戦場が広がり

家庭内に戦場があり
会社内に戦場があり
学校はいつしか戦場となり
巷《ちまた》に戦場があふれ
巷に戦場が広がり

人はいつ心が休まるのか
人はいつ平安となるのか
人の心にいつ愛が広がるのか
人はいつ愛に目覚めるのか

そして、いつ世界が一つとなるのか

世界から戦場がなくなり
世界から戦いが消え去り

そして、世界が一つ一つの村となるように
切に祈ります

主よ！　憐れんでください
主よ！　助けてください

そして主を待ち望みます
アーメン！

捨てるべきもの

捨てるべきもの
捨て去るべきもの

記憶
遠い記憶

泣いた記憶
悔いた記憶

捨てるべきもの
捨て去るべきもの

驕《おご》り、昂《たか》ぶり
必要ないもの
高価なもの

持つべきものは何？
捨てられないものは何？
必要なものは何？

君にはありますか？

柔和と謙遜と誠実

イエス・キリストの柔和と
イエス・キリストの謙遜と
イエス・キリストの誠実と

そしてイエス・キリストの愛

イエス・キリストは神の独り子でありながら
人の子として、へりくだって馬小屋で生まれた

イエス・キリストの謙遜と、そして愛

イエス・キリストはあらゆる病を癒し、死人を甦らせ

奇跡を起こし
そして、人々を神のもとに導いた
人々が主に立ち返り、本当の神に立ち返り
あらゆる偶像が滅びることを、切に願っておられる
柔和と謙遜と誠実
そして、キリストの愛、キリストの十字架の血潮
イエス・キリストの愛が全世界を包みますように
切に願います　アーメン！

真実について

真実
真実であるということ
真心《まごころ》を示すということ

本当のことであるということ
真の心であるということ
真実に信じるということ

心から本当の神を信じるということ
本当の神を知り、仰ぎ見るということ
自分を愛するように、ほんとうの神を愛するということ
真実の愛に目覚めるということ

真実の神に目覚めるということ

真実とは
嘘、偽りではないこと
本当のこと
何が本当のことなの？
何が嘘、偽りでないの？

何が真実の愛なの？
本当に真実の愛ってあるの？

「あなたが私（神）を愛するように
あなたの隣人を愛しなさい。
これが私（神）の掟である。」（聖書の言葉から）

アーメン！

あなたは愛されている

「あなたは愛されるために生まれた」

あなたは親に愛されていますか？
あなたは兄弟姉妹に愛されていますか？
あなたは友人に愛されていますか？

あなたが疑問に思ったとき
夜空の星を眺めてください
夜空の星は誰が造ったのか考えてみてください
この広い大宇宙は誰が造ったのか考えてみてください

この地球は誰が造ったのか考えてみてください
あなたは両親の下に生まれましたが

それは誰が計画したことか考えてみてください

「あなたは愛されています」
「あなたは生かされています」

あなたの悩みは神様が覚えています
あなたの苦難は神様が知っています
あなたの試練は神様が計画されました

神様は乗り越えられないような苦難を与えることはありません
神様は乗り越えられないような試練を与えることはありません

さあ、目を上げて満天の星空を眺めてください
あなたを見守っていますよ
あなたを導いてくれますよ
「あなたは愛されるために生まれました」

人生は何とかなる

人生は何とかなる⁉
本当に何とかなる⁉

自分の力で何とかなる⁉
自分の力ってそんなにすごいの？
自分の力ってウルトラパワーなの？

自分には限界がある
自分の力に限界があるって認めたときに
何かにすがろうと思うんじゃないの
何かに頼ろうと思うんじゃないの

そこで何にすがるのか
何に頼るかが大事

近くの八百万の神にすがると大変なことになる
その辺の八百万の神に頼ると泥沼にはまってしまう

なぜ、本当の神がわからないの
なぜ、本当の神にすがらないの
なぜ、本当の神に頼らないの

人生は何とかなる！
本当の神にすがりさえすれば
本当の神に頼りさえすれば

どうかあなたが真の神に出会えることを
切に願います　アーメン！

〈著者紹介〉

今多伊七郎（いまだ いしちろう）

1955年、福岡市生まれ。
1980年、福岡市立中学校の国語教師となるが、9年で退職し、
その後様々な仕事に就く。
1997年3月、福岡市南区にある福岡新生キリスト教会で洗礼を受け
クリスチャンとなる。
著書として、詩集『地平線』（2007年）がある。
現在、福岡市南区在住。

羊の群れ
—信仰と知恵の詩《うた》

定価（本体2200円+税）

乱丁・落丁はお取り替えします。

2019年 6月27日初版第1刷印刷
2019年 7月 8日初版第1刷発行
著　者　今多 伊七郎
発行者　百瀬 精一
発行所　鳥影社 (www.choeisha.com)
〒160-0023 東京都新宿区西新宿3-5-12トーカン新宿7F
電話 03-5948-6470, FAX 03-5948-6471
〒392-0012 長野県諏訪市四賀229-1(本社・編集室)
電話 0266-53-2903, FAX 0266-58-6771
印刷・製本 シナノ印刷

ISBN978-4-86265-751-0 C0092